U0113101

聊齋志異

十册

清·蒲松齡著

黄山書社

聊齋志異卷十

賈奉雉

淄川　蒲松齡　留仙　著

新城　王士正　貽上　評

賈奉雉平涼人才名冠一時而試輒不售一日途中遇一秀才自言郎姓風格灑然談言微中因邀俱歸出課蓺就正郎讀罷不甚稱許曰足下文小試取第一則有餘闈場取榜尾則不足賈曰奈何郎曰天下事仰而跂之則難俯而就之甚易此何須鄙人言哉遂指一二人

一二篇以爲標準大率賈所鄙棄而不屑道者聞之笑曰學者立言貴乎不朽卽味列八珍當使天下不以爲泰耳如此獵取功名雖登臺閣猶爲賤也郎曰不然文章雖美賤則弗傳君欲抱卷以終也則已不然簾內諸官皆以此等物事進身恐不能因閱君文另換一副眼睛肺腸也賈終嘿然郎起而笑曰少年盛氣哉遂別而去是秋入闈復落鬱邑不得志頗思郎言遂取前所指示者强讀之未至終篇昏昏欲睡心惶惑無以自主又三年闈場將近郎忽至相見甚懽因出所擬七題使賈

作之越日索文而閱不以爲可又令復作作已又訾之賈戲于落卷中集其葛冗泛濫不可告人之句連綴成文俟其來而示之郎喜曰得之矣因使熟記堅囑勿忘賈笑曰實相告此言不由中轉瞬即去便受夏楚不能復憶之也郎坐案頭強令自誦一過因使袒背以筆寫符而去曰只此已足可以束閣羣書矣驗其符濯之不下深入肌理至塲中七題無一遺者回思諸作茫不記憶惟戲綴之文歷歷在心然把筆終以爲羞欲少竄易而顛倒苦思竟不能復更一字日已西墜直錄而去郎候之已久問何暮也賈以實告即求拭符視之已漫滅矣再憶塲中文遂如隔世大奇之因問何不自謀笑曰某惟不作此等想故不能讀此等文也遂約明日過諸寓賈諾之郎既去賈取文稿自閱之大非本懷怏怏不自得不復訪郎嗒喪而歸未幾榜發竟中經魁又閱舊稿一讀一汗讀竟重衣盡溼自言曰此文一出何以見天下士乎方慚怍間郎忽至曰求中既中矣何其悶也曰僕適自念以金盆玉椀貯狗矢真無顏出見同人行將遁迹山邱與世長絕矣郎曰此亦大高但恐不能邱

果能之僕引見一人長生可得並千載之名亦不足戀況儻來之富貴乎賈悅留與共宿曰容某思之天明謂郎曰予志決矣不告妻子飄然遂去漸入深山至一洞府其中別有天地有叟坐堂上郎使叅之呼以師叟曰來何早也郎曰此人道念已堅望加收齒叟曰汝旣來須將此身並置度外始得賈唯唯聽命郎送至一院安其寢處又投以餌始去房亦精潔但戶無扉窗無櫺內惟一几一榻賈解屨登榻月明穿射矣覺微飢取餌啖之甘而易飽竊意郎當復來坐久寂然杳無聲響但覺

清香滿室臟腑空明脈絡皆可指數忽聞有聲甚厲似貓抓癢自牖睨之則虎蹲檐下乍見甚驚因憶師言即復收神凝坐虎似知其有人尋入近榻氣咻咻徧嗅足股少頃聞庭中嗥動如雞受縛虎即趨出又坐少時一美人入蘭麝撲人悄然登榻附耳小言曰我來矣一言之間口脂散馥賈瞑然不少動又低聲曰睡乎聲音頗類其妻心微動又念曰此皆師相試之幻術也瞑如故美人笑曰鼠子動矣初夫妻與婢同室狎褻惟恐婢聞私約一謎曰鼠子動則相歡好忽聞是語不覺大動開

目凝視眞其妻也問何能來荅云郎生恐君岑寂思歸遣一嫗導我來言次因賈出門不相告語偎傍之際頗有怨懟賈慰藉良久始得嬉笑爲歡既畢夜已向晨聞叟譙訶聲漸近庭院妻急起無地自匿遂越短牆而去俄頃郎從叟入叟對賈杖郎便令逐客郎亦引賈自短牆出曰僕望君奢不免躁進不圖情緣未斷累受扑責從此暫去相見行有日也指示歸途拱手遂別賈俯視故村故在目中意妻弱步必滯途間疾趨里餘已至家門但見房垣零落舊景全非村中老幼竟無一相識者

心始駭異忽念劉阮返自天台情景眞似不敢入門于對戶憩坐良久有老翁曳杖出賈揖之問賈某家何所翁指其第曰此卽是也得無欲問奇事耶僕悉知之相傳此公聞捷卽遁遁時其子纔七八歲後至十四五歲母忽大睡不醒子在時寒暑爲之易衣迨歿兩孫窮踧房舍拆毀惟以木架苫覆蔽之月前夫人忽醒屈指百餘年矣遠近聞其異皆來訪視近日稍稀矣賈豁然頓悟曰翁不知賈奉雉卽某是也翁大駭走報其家時長孫已死次孫祥至五十餘矣以賈少年疑爲詐僞少間

夫人出始識之雙涕霪霪呼與俱去苦無屋宇暫入孫舍大小男婦奔入盈側皆其曾元率陋劣少文長孫婦吳氏沽酒具藜藿又使少子果及婦與己共室除舍舍祖翁姑賈入舍烟埃兒溺雜氣熏人居數日懊惋殊不可耐兩孫家分供餐飲調飪尤乖里中以賈新歸日日招飲而夫人恒不得一飽吳氏故士人女頗嫻閨訓承顏不衰祥家給奉漸疏或嘑而與之賈怒攜夫人去設帳東里每謂夫人曰吾甚悔此一返而已無及矣不得已復理故業若心無愧恥富貴不難致也居年餘吳氏猶時餽餉而祥父子絕迹矣是歲試入邑庠邑令重其文厚贈之由此家稍裕祥稍稍來近就之賈喚入計曩所耗費出金償之斥絕令去遂買新第移吳氏共居之吳二子長者留守舊業次果頗慧使與門人輩共筆硯賈自山中歸心思益明徹無何連捷登進士第又數年以侍御出巡兩浙聲名赫奕歌舞樓臺一時稱盛賈爲人鯁峭不避權貴朝中大僚思中傷之賈屢疏恬退未蒙俞旨未幾而禍作矣先是祥六子皆無賴賈雖擯斥不齒然皆竊餘勢以作威福橫占田宅鄉人共患之有

某乙娶新婦祥次子篡取爲妻乙故狙詐鄉人斂金助訟以此聞于都于是當道者交章攻賈賈殊無以自剖被收經年祥及次子皆瘐死賈奉旨充遼陽軍時果入泮已久爲人頗仁厚有賢聲夫人生一子年十六遂以囑果夫妻攜一僕一嫗而去賈曰十餘年富貴曾不如一夢之久今始知榮華之場皆地獄境界悔比劉晨阮肇多造一重孽案耳數日抵海岸遥見巨舟來鼓樂殷作虞侯皆如天神既近舟中一人出笑請侍御過舟少憩賈見驚喜踴身而過押隸不敢禁夫人急欲相從而相去已遠遂憤投海中漂泊數步見一人垂練於水引救而去隸命篙師盪舟且追且號但聞鼓聲如雷與轟濤相間瞬間遂杳僕識其人蓋郎生也

異史氏曰世傳陳大士在闈中書藝既成吟誦數四嘆曰亦復誰人做得遂棄去更作以故闈墨不及諸稿賈生羞而遁去此蓋有仙骨焉乃再返人世遂以口腹自貶貧賤之中人甚矣哉

三生

湖南某能記前生三世一世爲令尹闈場入簾有名士

興于唐被黜落憤懣而卒至陰司執卷訟之此狀一投其同病死者以千萬計推興爲首聚散成羣某被攝去相與對質閻羅便問某既衡文何得黜佳士而進凡庸某辯言上有總裁某不過奉行之耳閻羅即發一簽往拘主司久之勾至閻羅即述某言主司曰某不過總其大成雖有佳章而房官不薦吾何由而見之也閻羅曰此不得相諉其失職均也例合笞方將施刑興不滿志戛然大號兩墀諸鬼萬聲鳴和閻羅問故興抗言罪太輕是必抉其雙睛以爲不識文之報閻羅不肯衆呼益

厲閻羅曰彼非不欲得佳文特其所見鄙耳衆又請剖其心閻羅不得已使人褫去袍服以白刃劃胸兩人瀝血鳴嘶衆人大快皆曰吾輩抑鬱泉下未有能一伸此氣者今得興先生怨氣都消矣閧然遂散某受剖已押投陝西爲庶人子年二十餘值土寇大作陷入賊中有巡兵道往平賊俘擄甚衆某亦在其中心猶自揣非賊冀可辯釋及見堂上官亦年二十餘細視乃興士也驚曰吾合盡矣既而俘者盡釋惟某後至不容置辯竟斬之某至陰投狀訟興閻羅不即拘待其祿盡遲之三

十年與始至面質之與以草菅人命罰作畜稽某所爲曾撻其父母其罪維均某恐來生再報請爲大畜閻羅判爲大犬與爲小犬某生於北順天府肆市中一日臥街頭有客自南中來攜金毛犬大如狸某視之與也心易其小齕之小犬齩其喉下繫綴如鈴大犬擺撲嗥竄市人解之不得俄頃俱斃並至冥司互有爭論閻羅曰寃寃相報何時可已今爲若解之乃判與來世爲某壻某生慶雲二十八舉于鄉生一女嫺靜娟好世族爭委禽焉某皆弗許偶過鄰郡值學使發落諸生其第一卷

李姓實與也遂挽至旅舍優厚之問其家適無偶遂訂姻好人皆謂憐才而不知其有夙因也既而娶女去相得甚歡然壻恃才輒侮翁恒隔歲不一至其門翁亦耐之後壻中歲淹蹇苦不得售翁百計爲之營謀始得志于名場由此和好如父子焉

異史氏曰一被黜而三世不解怨毒之甚至此哉閻羅之調停固善然墀下千萬衆如此紛紛勿亦天下之愛壻皆冥中之悲鳴號慟者耶

長亭

石大璞泰山人好厭禳之術有道士遇之賞其慧納爲弟子啓牙籤出二卷上卷驅狐下卷驅鬼乃以下卷授之曰虔奉此書衣食佳麗皆有之問其姓名曰吾汴城北村元帝觀王赤城也留數日盡傳其訣石於是精於符籙委贄者踵接於門一日有叟來自稱翁姓炫陳幣帛謂其女鬼病已殆必求親詣石聞病危辭不受贄姑與俱往十餘里入山村至其家廊屋華好入室見少女臥縠帳中婢以鉤挂帳望之年十四五許支綴於牀形容已槁近臨之忽開目云良醫至矣舉家皆喜謂其不

語已數日矣石乃出因詰病狀叟言白晝見少年來與共寢處捉之已杳少間復至疑其爲鬼石曰其鬼也驅之非難恐其是狐則非余所敢知矣叟曰必非必非石授以符是夕宿於其家夜分有少年入衣冠整肅石疑是主人眷屬起而問之曰我鬼也翁家盡狐偶悅其女紅亭姑止焉鬼爲狐祟陰騭無傷君何必離人之緣而護之女之姊長亭光艷尤絕敬留全璧以待高賢彼如許字方可爲之施治爾時我當自去石諾之是夜少年不復至女頓醒天明叟喜以告石請石入視石焚舊符

乃坐診之見繡幕有女郎麗若天人心知其長亭也診已索水灑帳女郎急以椀水付之蹀躞之間意動神流石生此際心殊不在鬼矣出辭叟托製藥去數日不返鬼益肆除長亭外子婦婢女俱被淫惑又以僕馬逆石石托疾不赴明日叟自至石故作病股狀扶杖而出叟拜已問故曰此鰥之難也曩夜婢子登榻傾跌墮湯夫人泡兩足耳叟問何久不續石曰恨不得清門如翁者叟默而出石走送曰病瘥當自至無煩玉趾也又數日叟復來石跛而見之叟慰問三數語便曰頃與荆人言

君如驅鬼去使舉家安枕小女長亭年十七矣願遣奉事君子石喜頓首於地乃謂叟雅意若此病軀何敢復愛矣立刻出門並騎而去入視祟者既畢石恐背約請與媼盟媼遽出曰先生何見疑也即以長亭所插金簪授石爲信石朝拜之已乃徧集家人悉爲祓除惟長亭深匿無跡遂寫一佩符使人持贈之是夜寂然鬼影盡滅惟紅亭呻吟未已投以法水所患若失石欲辭去叟挽止殷懇至晚肴核羅列勸酬殊切漏二下主人乃辭客去石方就枕聞叩扉甚急起視則長亭掩入辭氣倉

皇言吾家欲以白刃相仇可急遁言已逕返身去石戰懼無色越垣急竄遙見火光疾奔而往則里人夜獵者也喜待獵畢乃與俱歸心懷怨憤無之可伸思欲之汴尋赤城而家有老父病癈已久日夜籌思莫決進止忽一日雙輿至門則翁媼送長亭至謂石曰曩夜之歸胡再不謀石見長亭怨恨都消故亦隱而不發媼促兩人庭拜訖石將設筵辭曰我非閒人不能坐享甘旨我家老子昏髦倘有不悉郎肯爲長亭一念老身爲幸多矣登車遂去蓋殺壻之謀媼不之聞及追之不得而返媼

始知之頗不能平與叟日相詬誶長亭亦飲泣不食媼强送女來非翁意也長亭入門詰之始知其故過兩三月翁家趣女歸寧石料其不返禁止之自此時一涕零年餘生一子名慧兒買乳媼哺之然兒善啼夜必歸母一日翁家又以輿來言媼思女甚長亭益悲石不忍復畱之欲抱子去石不可長亭乃自歸別時以一月爲期既而半載無耗遣人往探之則向所僦宅久空又二年餘望想都絕而兒啼終夜寸心如割既而石父病卒倍益哀傷因而病憊苫次彌畱不能受賓朋之弔方昏憒

間忽聞婦人哭入視之則縗絰者長亭也石大悲一慟遂絕婢驚呼女始輟泣撫之良久始漸甦自疑已死謂相聚於冥中女曰非也妾不孝不能得嚴父心尼歸三載誠所負心適家由海東經此得翁凶問妾遵嚴命而絕兒女之情不敢循亂命而失翁媳之禮妾來時母知而父不知也言間兒投懷中言已始撫之泣曰我有父兒無母矣兒亦噭啕一室掩泣女起經理家政柩前牲盛潔備石乃大慰而病久急切不能起女乃請石外兄款洽弔客喪旣閉石始杖而能起相與營謀齋葬已女

欲辭歸以受背父之譴夫挽兒號隱忍而止未幾有人來告母病乃謂石曰妾爲父來君不爲妾母放令去耶石許之女使乳媼抱兒他適涕洟出門而去去後數年不返石父子漸亦忘之一日昧爽啟扉則長亭飄忽而入石方駭問女戚然坐榻上嘆曰生長閨閣視一里爲遙今一日夜而奔千里殆矣細詰之女欲言復止請之不已哭曰今爲君言恐妾之所悲而君之所快也邇年徙居晉界僦居趙搢紳之第主客交最善以紅亭妻其公子公子數逋蕩家庭頗不相安妹歸告父父留之半

年不令還公子忿恨不知何處聘一惡人來遣神絹鎖縛老父去一門大駭頃刻四散矣石聞之笑不自禁女怒曰彼雖不仁妾之父也妾與君琴瑟數年止有相好而無相尤今日人亡家敗百口流離即不爲父傷寧不爲妾弔乎聞之忭舞更無片語相慰藉何不義也拂袖而出石追謝之亦已渺矣悵然自悔拚已決絕過二三日媼與女俱來石喜慰問母子俱伏地驚而詢之母子俱哭女曰妾負氣而去今不能自堅又欲求人復何顏矣石曰岳固非人母之惠卿之情所不忘也然聞禍而

樂亦猶人情卿何不能暫忍女曰頃於途中遇母始知縶吾父者蓋君師也石曰果爾亦大易然翁不歸則卿之父子離散恐翁歸則卿之夫泣兒悲也媼矢以自明女亦誓以相報石乃即刻治任如汴詢至元帝觀則赤城歸未久入而參之便問何來石視廚下一老狐孔前股而繫之笑曰弟子之來爲此老魅赤城詰之曰是吾岳也因以實告道士謂其狡詐不肯輕釋固請乃許之石因備述其詐狐聞之塞身入竈似有慚狀道士笑曰彼羞惡之心未盡忘也石起牽之而去以刀斷索抽之

狐痛極齒齦齦然石不遽抽而頓挫之笑問曰翁痛之勿抽可耶狐睛睒爓似有慍色既釋搖尾出觀而去石辭歸三日前已有人報叟信媪先去留女待石石至女逆而伏石挽之曰卿如不忘琴瑟之情不在感激也女曰今復遷故居矣村舍鄰邇音問可以不梗妾欲歸省三日可旋君信之否曰兒生而無母未便殤折我日日鰥居習已成慣今不似趙公子而反德報之所以爲卿者盡矣如其不還在卿爲負義道里雖近當亦不復過問何不信之與有女次日去二日即返問何速曰父以

君在汴曾相戲弄未能忘懷言之絮絮妾不欲復聞故早來也自此閨中之往來無間而翁壻間尚不通慶弔云

異史氏曰狐情反覆譎詐已甚悔婚之事兩女而一轍詭可知矣然要而婚之是啟其悔者已在初也且壻既愛女而救其父止宜置昔怨而仁化之乃復狎弄于危急之中何怪其沒齒不忘也天下有冰玉之不相能者類如此

席方平

席方平東安人其父名廉性戇拙因與里中富室羊姓
有郤羊先死數年廉病垂危謂人曰羊某今賄囑冥使
搒我矣俄而身赤腫號呼遂死席慘怛不食曰我父樸
訥今見陵於強鬼我將赴地下代伸冤氣耳自此不復
言時坐時立狀類癡蓋魂已離舍矣席覺初出門莫知
所往但見路有行人便問城邑少選入城其父已收獄
中至獄門遙見父臥簷下似甚狼狽舉目見子潸然涕
流便謂獄吏悉受賕囑日夜搒掠脛股殘甚矣席怒大
罵獄吏父如有罪自有王章豈汝等死魅所能操耶遂

出抽筆爲詞值城隍早衙喊冤以投羊懼內外賄通始
出質理城隍以所告無據頗不直席席忿氣無所復伸
冥行百餘里至郡以官役私狀告之郡司遲之半月始
得質理郡司扑席仍批城隍覆案席至邑備受械梏慘
冤不能自舒城隍恐其再訟遣役押送家門役至門辭
去席不肯入遁赴冥府訴郡邑之酷貪冥王立拘質對
二官密遣心腹與席關說許以千金席不聽過數日逆
旅主人告曰君負氣已甚官府求合而執不從今聞於
王前各有函進恐事殆矣席以道路之口猶未深信俄

有皂衣人喚入升堂見冥王有怒色不容置詞命笞二
十席厲聲問小人何罪冥王漠若不聞席受笞喊曰受
笞允當誰教我無錢耶冥王益怒命置火牀捽席下見
東墀有鐵牀熾火其下牀面通赤鬼脫席衣掬置其上
反復揉捺之痛極骨肉焦黑苦不得死約一時許鬼曰
可矣遂扶起促使下牀著衣猶幸跛而能行復至堂上
冥王問敢再訟乎席曰大寃未伸寸心不死若言不訟
是欺王也必訟又問訟何詞席曰身所受者皆言之耳
冥王又怒命以鋸解其體二鬼拉去見立木高八九尺

許有木板二仰置其下上下凝血模糊方將就縛忽堂
上大呼席某二鬼即復押回冥王又問尚敢訟否荅云
必訟冥王命捉去速解既下鬼乃以二板夾席縛木上
鋸方下覺頂腦漸闢痛不可禁顧亦忍而不號聞鬼曰
壯哉此漢鋸隆隆然尋至胸下又聞一鬼云此人大孝
無辜鋸令稍偏勿損其心遂覺鋸鋒曲折而下其痛倍
苦俄頃半身闢矣板解兩身俱仆鬼上堂大聲以報堂
上傳呼令合身來見二鬼即推復合曳使行席覺鋸鋒
一道痛欲復裂半步而踣一鬼於腰間出絲帶授之曰

贈此以報汝孝受而束之一身頓健殊無少苦遂升堂而伏冥王復問如前席恐再罹酷毒便荅不訟矣冥王立命送還陽界隷率出北門指示歸途反身遂去席念陰曹之暗昧尤甚於陽間奈無路可達帝聽世傳灌口二郎爲帝勳戚其神聰明正直訴之當有靈異竊喜兩隷已去遂轉身南向奔馳間有二人追至曰王疑汝不歸今果然矣捽回復見冥王竊意冥王益怒禍必更慘而王殊無厲容謂席曰汝志誠孝但汝父冤我已爲若雪之矣今已往生富貴家何用汝鳴呼爲今送汝歸予

以千金之產期頤之壽於願足乎乃註籍中嵌以巨印使親視之席謝而下鬼與俱出至途驅而罵曰奸猾賊頻頻翻覆使人奔波欲死再犯當捉入大磨中細細研之席張目叱曰鬼子胡爲者我性耐刀鋸不耐撻楚請反見王王如令我自歸亦復何勞相送乃返奔二鬼懼溫語勸回席故蹇緩行數步輒憩路側鬼含怒不敢復言約半日至一村一門半闢鬼引與共坐席便據門閾二鬼乘其不備推入門中驚定自視身已生爲嬰兒憤啼不乳三日遂殤魂搖搖不忘灌口約奔數十里忽見

羽葆來旛戟橫路越道避之因犯鹵簿爲前馬所執縶送車前仰見車中一少年丰儀瑰瑋問席何人席冤憤正無所出且意是必巨官或當能作威福因緬訴毒痛車中人命釋其縛使隨車行俄至一處官府十餘員迎謁道左車中人各有問訊已而指席謂一官曰此下方人正欲往愬宜即爲之剖決席詢之從者始知車中即上帝殿下九王所囑即二郎也席視二郎脩軀多髯不類世間所傳九王既去席從二郎至一官廨則其父與羊姓並衙隸俱在少頃檻車中有囚人出則冥王及郡

司城隍也當堂對勘席所言皆不妄三官戰慄狀若伏鼠二郎援筆立判頃之傳下判語令案中人共視之判云勘得冥王者職膺王爵身受帝恩自應貞潔以率臣僚不當貪墨以速官謗而乃繁纓棨戟徒誇品秩之尊羊狠狼貪竟玷人臣之節斧敲斤斲婦子之皮骨皆空魚食鯨吞螻蟻之微生可憫當掬西江之水爲爾湔腸即燒東壁之牀請君入甕城隍郡司爲小民父母之官司上帝牛羊之牧雖則職居下列而盡瘁者不辭折腰即或勢逼大僚而有志者亦應強項乃上下其鷹鷙之

手既罔念夫民貧且飛揚其狙獪之奸更不嫌乎鬼瘦惟受贓而枉法眞人面而獸心是宜剔髓伐毛暫罰冥死所當脫皮換革仍令胎生隸役者既在鬼曹便非人類祇宜公門修行庶還落蓐之身何得苦海生波益造彌天之孽飛揚跋扈狗臉生六月之霜隳突叫號虎威斷九衢之路肆淫威於冥界咸知獄吏爲尊助酷虐於昏官共以屠伯是懼當於法場之內剁其四肢更向湯鑊之中撈其筋骨羊某富而不仁狡而多詐金光蓋地因使閻摩殿上盡是陰霾銅臭熏天遂教枉死城中全

無日月餘腥猶能役鬼大力直可通神宜籍羊氏之家以賞席生之孝卽押赴東岳施行又謂席廉念汝子孝義汝性良懦可再賜陽壽三紀因使兩人送之歸里席乃抄其判詞途中父子共讀之既至席先蘇令其家人啟棺視父僵尸猶冰俟之終日漸溫而活及索抄詞則已無矣自此家日益豐三年間良沃遍野而羊氏子孫微矣樓閣田產盡爲席有里人或有買其田者夜夢神人叱之曰此席家物汝烏得有之初未深信既而種作則終年升斗無所獲於是復鬻歸席席父九十餘歲而

卒

異史氏曰人人言淨土而不知生死隔世意念都迷且不知其所以來又烏知其所以去而況死而又死生而復生者乎忠孝志定萬劫不移異哉席生何其偉也

素秋

俞慎字謹菴順天舊家子赴試入都舍于郊郭時見對戸一少年美如冠玉心好之漸近與語風雅尤絕大悅捉臂邀至寓便相欵宴審其姓氏自言金陵人姓俞名士忱字恂九公子聞與同姓又益親洽因訂爲昆仲少

年遂以名減字爲忱明日過其家書舍光潔然門庭踧落更無厮僕引公子入內呼妹出拜年十三四已來肌膚瑩澈粉玉無其白也少頃托茗獻客似家中亦無婢媪公子異之數語遂出由是友愛如胞恂九無日不來寓所或留共宿則以弱妹無伴爲辭公子曰吾弟流寓千里曾無應門之童兄妹纖弱何以爲生矣計不如從我去有斗舍可共棲止如何恂九喜約以闈後試畢恂九邀公子去曰中秋月明如晝妹子素秋具有蔬酒勿違其意竟挽入內素秋出畧道溫涼便入複室下簾治

具少間自出行炙公子起曰妹子奔波情何以忍素秋笑入頃之搴簾出則一青衣婢捧壺又一媼托柈進烹魚公子訝曰此輩何來不早從事而煩妹子恂九微哂曰素秋又弄怪矣但聞簾內吃吃作笑聲公子不解其故既而筵終婢媼徹器公子適嗽悞墮婢衣婢隨唾而倒碎椀流炙視婢則帛剪小人僅四寸許恂九大笑素秋笑出拾之而去俄而婢復出奔走如故公子大異之恂九曰此不過妹子幼時卜紫姑之小技耳公子因問弟妹都已長成何未昏姻荅云先人即世去留尚無定

所故此遲遲遂與商定行期鬻宅攜妹與公子俱西既歸除舍舍之又遣一婢爲之服役公子妻韓侍郎之猶女也尤憐愛素秋飲食共之公子與恂九亦然而恂九又最慧目下十行試作一藝老宿不能及之公子勸赴童子試恂九曰姑爲此業者聊與君分苦耳自審福薄不堪仕進且一入此途遂不能不戚戚於得失故不爲也居三年公子又不第恂九大爲扼腕奮然曰榜上一名何遂艱難若此我初不欲爲成敗所惑故寧寂寂耳今見大哥不能自發舒不覺中熱十九歲老童當效驅

馳也公子喜試期送入場邑郡道皆第一益與公子下帷攻苦踰年科試並爲郡邑冠軍恂九名大譟遠近爭婚之恂九悉卻去公子力勸之乃以場後爲解無何試畢傾慕者爭錄其文相與傳誦恂九亦自覺第二人不屑居也榜既放兄弟皆黜時方對酌公子尚強作噱恂九失色酒琖傾墮身仆案下扶置榻上病已困殆急呼妹至張目謂公子曰吾兩人情雖如胞實非同族弟自分已登鬼籙素秋已長成既蒙嫂氏撫愛媵之可也公子作色曰是真吾弟之亂命耳其將謂我人頭畜鳴者

耶恂九泣下公子即以重金爲購良材恂九命舁至力疾而入囑妹曰我死後當闔棺無令一人開視公子尚欲有言而目已瞑矣公子哀傷如喪手足然竊疑其囑異使素秋他出啟而視之則棺中袍服如蛻揭之有蠹魚徑尺僵臥其中駭疑間素秋促入慘然曰兄弟何所隔閡所以然者非避兄也但恐傳布飛揚妾亦不能久居耳公子曰禮緣情制情之所在異族何殊焉妹寧不知我心乎即中饋當不漏言請勿慮遂速卜吉期厚葬之初公子欲以素秋論昏於世家恂九不欲既歿公子

以商素秋素秋不應公子曰妹年已二十矣長而不嫁人其謂我何對曰若然但惟兄命然自顧無福相不願入侯門寒士而可公子曰諾不數日冰媒相屬卒無所可先是公子之妻弟韓荃來弔得窺素秋心愛悅之欲購作小妻謀之姊姊急戒勿言恐公子知韓去終不能釋托媒風示公子許爲買鄉塲關節公子聞之大怒詬罵將致意者批逐出自此交往遂絕適有故尚書之孫某甲將娶而婦忽卒亦遣冰來其甲第雲連公子之素識然欲一見其人因與媒約使甲躬謁及期垂簾於內

令素秋自相之甲至裘馬騶從炫耀閭里又視其人秀雅如處女公子大悅見者咸贊美之而素秋殊不樂公子不聽竟許之盛備奩裝計費不貲素秋固止之但討一老大婢供給使而已公子亦不之聽卒厚贈焉既嫁琴瑟甚敦然兄嫂常繫念之每月輒一歸寧來時奩中珠繡必攜數事付嫂收貯嫂未知其意亦姑從之甲少孤止有寡母溺愛過於尋常日近匪人漸誘淫賭家傳書畫鼎彝皆以鬻償戲債而韓荃與有瓜葛因招飲而竊探之願以兩妾及五百金易素秋甲初不肯韓固求

之甲意似搖然恐公子不甘韓曰我與彼至戚此又非其支系若事已成則彼亦無如何萬一有他我身任之有家君在何畏一俞謹菴哉遂盛妝兩姬出行酒且曰果如所約此即君家人矣甲惑之約期而去至日甲慮韓詐誤夜候於途果有輿來啟簾照驗不虛乃導去姑置齋中韓僕以五百金交兌俱明甲奔入偽告素秋言公子暴病相呼素秋未遑理妝草草遂去輿既發夜迷不知何所遠行良遠殊不可到忽有二巨燭來衆竊喜其可以問途無何至前則巨蟒兩目如燈衆大駭人馬俱竄委輿路側將曙復集則空輿存焉意必葬於蛇腹歸告主人垂首喪氣而已數日後公子遣人詣妹始知為惡人賺去初不疑其壻之偽也取婢歸細詰情迹微窺其變忿甚徧愬郡邑某甲懼求救於韓韓以金妾兩亡正復懊喪斥絕不為力甲呆憨無所復計各處勾牒至但以賂囑免行月餘金珠服飾典貨一空公子於憲府究理甚急邑官皆奉嚴令甲知不可復匿始出至公堂實情盡吐蒙憲票拘韓對質韓懼以情告父父時休致怒其所為不法執付隸既見諸官府言及遇蟒之變

悉謂其詞支家人搒掠殆徧甲亦屢被獻楚幸母日鬻田產上下營救刑輕得不死而韓僕已瘐斃矣韓久困囹圄願助甲賂公子千金哀求罷訟公子不許甲母又請益以二姬但求姑存疑案以待尋訪妻又承叔母命朝夕祈解免公子乃許之甲家綦貧貨宅辦金而急切不能得售因先送姬來乞其延緩踰數日公子夜坐齋頭素秋偕一媼驀然忽入公子駭問妹固無恙耶荅曰蟒變乃妹之小術耳當夜竄入一秀才家依於其母彼自言識兄今在門外請入之也公子倒屣而出燭之非他乃周生宛平之名士也素以聲氣相善把臂入齋款洽臻至傾談既久始知顛末初素秋昧爽款生門母納入詰之知爲公子妹便將馳報素秋止之因與母居慧能解意母悅之以子無婦竊屬意素秋微言之素秋以未奉兄命爲辭生亦以公子交契故不肯作無媒之合但頻頻偵聽知訟事已有關說素秋乃告母欲歸母遣生率一媼送之即囑媼媒焉公子以素秋居生家久竊有心而未言也及聞媼言大喜即與生面訂爲好先是素秋夜歸將使公子得金而後宣之公子不可曰向憤

無所洩故索金以敗之耳今復見妹萬金何能易哉即遣人告諸兩家頓罷之又念生故不甚豐道賒遠親迎殊艱因移生母來居以恂九舊第生亦備幣帛鼓樂昏嫁成禮一日嫂戲素秋今得新壻曩年枕席之愛猶憶之否素秋微笑因顧婢曰憶之否嫂不解研問之蓋三年牀笫皆以婢代每夕以筆畫其兩眉驅之去即對燭而坐壻亦不之解也益奇之求其術但笑不言次年大比生將與公子偕往素秋以爲不必公子强挽之而去是科公子薦於鄉生落第歸隱有退志踰歲母卒遂不

復言進取矣一日素秋告嫂曰向問我術固未肯以此駭物聽也今遠別行有日矣請祕授之亦可以避兵燹驚而問之荅云三年後此處當無人煙妾荏弱不堪驚恐將蹈海濱而隱大哥富貴中人不可以偕故言別也乃以術悉授嫂數日又告公子留之不得至於泣下問往何所即亦不言雞鳴早起攜一白鬚奴控雙衛而去公子陰使人委送之至膠萊之界塵霧障天既晴已迷所往三年後闖寇犯順村舍爲墟韓夫人剪帛置門內寇至見雲繞韋馱高丈餘遂駭走以是得無恙焉後村

小有賈客至海上遇一叟甚似老奴而鬚髮盡黑猝不敢認叟停足而笑曰我家公子尚健耶借口寄語秋姑亦甚安樂問其居何里曰遠矣遠矣匆匆遂去公子聞之使人於所在徧訪之竟無蹤迹

異史氏曰管城子無食肉相其來舊矣初念甚明而乃持之不堅寧知糊眼主司衡命不衡文耶一擊不中冥然遂死蠹魚之癡一何可憐傷哉雄飛不如雌伏

喬女

平原喬生有女黑醜壑一鼻跛一足年二十五六無問

名者邑有穆生年四十餘妻死貧不能續因聘焉三年生一子未幾穆生卒家益索大困則乞憐其母母頗不耐之女亦憤不復返惟以紡織自給有孟生喪偶遺一子烏頭裁周歲以乳哺乏人急於求配然媒數言輒不當意忽見女大悅之陰使人風示女女辭焉曰飢凍若此從官人得溫飽夫寧不願然殘醜不如人所可自信者德耳又事二夫官人何取焉孟益賢之向慕尤殷使媒者函金加幣而說其母母悅自詣女所固要之女矢志不奪母慚願以少女字孟家人皆喜而孟殊不願居

無何孟暴疾卒女往臨哭盡哀孟故無戚黨死後村中無賴悉憑陵之家具攜取一空方謀瓜分其田產家人亦各草竊以去惟一嫗抱兒哭帷中女問得故大不平聞林生與孟善乃踵門而告曰夫婦朋友人之大倫也妾以奇醜爲世不齒獨孟生能知我前雖固拒之然固已心許之矣今身死子幼自當有以報知已然存孤易禦侮難若無兄弟父母遂坐視其子死家滅而不一救則五倫中可以無朋友矣妾無所多須於君但以片紙告邑宰撫孤則妾不敢辭林曰諾女別而歸林將如其

所教無賴輩怒咸欲以白刃相仇林大懼閉戶不敢復行女聽之數日寂無音及問之則孟氏田產已盡矣女忿甚銳身自詣官官詰女屬孟何人女曰公宰一邑所憑者理耳如其言妄卽至戚無所逃罪如非妄卽道路之人可聽也官怒其言戇訶逐而出女寃憤無以自伸哭訴於縉紳之門某先生聞而義之代剖於宰宰按之果真窮治諸無賴盡反所取或議留女居孟第撫其孤女不肯扃其戶使嫗抱烏頭從與俱歸另舍之凡烏頭日用所需輒同嫗啟戶出粟爲之營辦己錙銖無所沾

染抱子食貧一如曩日積數年烏頭漸長爲延師教讀已子則使學操作嫗勸使並讀女曰烏頭之費其所自有我耗人之財以教已子此心何以自明又數年爲烏頭積粟數百石乃聘於名族治其第宅析令歸烏頭泣要同居女乃從之然紡績如故烏頭夫婦奪其具女曰我母子坐食心何安矣遂早暮爲之紀理使其子巡行阡陌若爲傭然烏頭夫婦有小過輒斥譴不少貸稍不悛則怫然欲去夫婦跪道悔詞始止未幾烏頭入泮又辭欲歸烏頭不可捐聘幣爲穆子完昏女乃析子令歸

烏頭留之不得陰使人於近村爲市恒產百畝而後遣之後女疾求歸烏頭不聽益篤囑曰必以我歸葬烏頭諾既卒陰以金啗穆子俾合葬於孟及期棺重三十人不能舉穆子忽仆七竅血出自言曰不肖兒何得遂賣汝母烏頭懼拜祝之始愈乃復停數日修治穆墓已始合厝之

異史氏曰知已之感許之以身此烈男子之所爲也彼女何知而奇偉如是若遇九方皋直牡之矣

馬介甫

楊萬石大名諸生也生平有季常之懼妻尹氏奇悍少
迕之輒以鞭撻從事楊父年六十餘而鰥尹以齒奴隸
數楊與弟萬鍾常竊餌翁不敢令婦知頹然衣敗絮恐
貽訕笑不令見客萬石四十無子納妾王氏旦夕不敢
通一語兄弟候試郡中見一少年容服都雅與語悅之
詢其姓字自云介甫姓馬由此交日密焚香爲昆季之
盟既別約半載馬忽攜僮僕過楊值楊翁在門外曝陽
捫蝨疑爲傭僕通姓氏使達主人翁披絮去或告馬此
即其翁也馬方驚訝楊兄弟岸幘出迎登堂一揖便請

朝父萬石辭以偶恙捉坐笑語不覺向夕萬石屢言具
食而終不見至兄弟迭互出入始有瘦奴持壺酒來俄
頃引盡坐伺良久萬石頻起催呼額頰間熱汗蒸騰俄
瘦奴以饌具出脫粟失飪殊不甘旨食已萬石草草便
去萬鍾襆被來伴客寢馬責之曰曩以伯仲高義遂同
盟好今老父實不溫飽行道者羞之萬鍾泫然曰在心
之情卒難申致家門不吉蹇遭悍嫂尊長細弱橫被摧
殘非瀝血之好此醜不敢揚也馬駭嘆移時曰我初欲
早旦而行今得此異聞不可不一目見之請假閒舍就

便自炊萬鍾從其教即除室爲馬安頓夜深竊餽蔬稻
惟恐婦知馬會其意力卻之且請楊翁與同食寢自詣
城肆市布帛爲易袍褲父子兄弟皆感泣萬鍾有子喜
兒方七歲夜從翁眠馬撫之曰此兒福壽過於其父但
少年孤苦耳婦聞老翁安飽大怒輒罵謂馬強預人家
事初惡聲尚在閨闥漸近馬居以示瑟歌之意楊兒弟
汗體徘徊不能制止而馬若弗聞也者妾王體妊五月
婦始知之褫衣慘掠已乃喚萬石跪受巾幗操鞭逐出
值馬在外慚懅不前又追逼之始出婦亦遂出叉手頓

足觀者填溢馬指婦叱曰去去婦即反奔若被鬼逐褲
履俱脫足纏縈繞於道上徒跣而歸面色灰死少定婢
進襪履著已噭咷大哭家人無敢問者馬曳萬石爲解
巾幗萬石聳身定息如恐脫落馬強脫之而坐立不寧
猶懼以私脫加罪探婦哭已乃敢入趑趄而前婦殊不
發一語遽起入房自寢萬石意始舒與弟竊奇焉家人
皆以爲異相聚偶語婦微有聞益羞怒徧撻奴婢呼妾
妾創劇不能起婦以爲僞就榻搒之崩注墮胎萬石於
無人處對馬哀啼馬慰解之呼僮具牢饌更籌再唱不

放萬石歸婦在闈房恨夫不歸方大恚忿聞撬扉聲急呼婢則室門已闢有巨人入影蔽一室猙獰如鬼俄又有數人入各執利刃婦駭絕欲號巨人以刃刺頸曰號便殺卻婦急以金帛贖命巨人曰我冥曹使者不要錢但取悍婦心婦益懼自投敗顙巨人乃以利刃畫婦心而數之曰如某事謂可殺否即一畫凡一切凶悍之事責數殆盡刃畫膚革不啻數十末乃曰妾生子亦爾宗緒何忍打墮此事必不可宥乃令數人反接其手剖視悍婦心腸婦叩頭乞命但言知悔俄聞中門啟閉曰楊

萬石來矣既已悔過姑留餘生紛然盡散無何萬石入見婦赤身綳繫心頭刀痕縱橫不可數解而問之得其故大駭竊疑焉明日向馬述之馬亦駭由是婦威漸斂經數月不敢出一惡語馬大喜告萬石曰實告君幸勿宣洩前以小術懼之既得合好請暫別也遂去婦每日暮挽留萬石作侶懽笑而承迎之萬石生平不解此樂遽遭之覺坐立皆無所可婦一夜憶巨人狀瑟縮搖戰萬石思媚婦意微露其假婦遽起苦致窮詰萬石自覺失言而不可悔遂實告之婦勃怒大罵萬石懼長跪牀

下婦不顧哀懇至漏三下婦曰欲得我恕須以刀畫汝心頭如干數此恨始消乃起捉厨刀萬石大懼而奔婦逐之犬吠雞騰家人盡起萬鍾不知何故但以身左右翼兄婦方詬詈忽見翁來睹袍服倍益烈怒即就翁身條條割裂批頰而摘翁髭萬鍾見之怒以石擊婦中顱顛蹷而斃萬鍾曰我死而父兄得生何憾遂投井中救之已死移時婦蘇聞萬鍾死怒亦遂解既殯弟婦戀兒矢不嫁婦唾罵不與食醮去之遺孤兒朝夕受鞭楚俟家人食訖始啗以冷塊積半歲兒尫羸僅存氣息一日

馬忽至萬石囑家人勿以告婦馬見翁襤褸如故大駭又聞萬鍾殞謝頓足悲哀兒聞馬至便來依戀前呼馬叔馬不能識審顧始辨驚曰兒何憔悴至此翁乃囁嚅具道情事馬忿然謂萬石曰我曩道兄非人果不謬兩人止此綫殺之將柰何萬石不言惟伏首帖耳而泣坐語數刻婦已知之不敢自出逐客但呼萬石入批使絕馬含涕而出批痕儼然馬怒之曰兄不能威獨不能斷出耶毆父殺弟安然忍受何以爲人萬石欠伸似有動容馬又激之曰如渠不去理須威刦便殺卻勿懼僕有

二三知交都居要地必合極力保無虞也萬石諾負氣疾行奔而入適與婦遇叱問何爲萬石遑遽失色以手據地曰馬生教余出婦婦益恚顧尋刀杖萬石懼而卻走馬唾之曰兄眞不可教也已遂開篋出刀圭藥合水授萬石飲曰此丈夫再造散所以不輕用者以能病人故耳今不得已暫試之飲下少頃萬石覺忿氣塡胸如烈焰中燒刻不容忍直抵閨闥叫喊雷動婦未及詰萬石以足騰起婦顛去數尺有咫卽復握石成拳擂擊無算婦體幾無完膚嘲喳猶駡萬石於腰中出佩刀婦駡

曰出刀子敢殺我耶萬石不語割股上肉大如掌擲地上方欲再割婦哀鳴乞恕萬石不聽又割之家人見萬石兇狂相集死力掖出馬迎去捉臂相用慰勞萬石餘怒未息屢欲奔尋馬止之少間藥力漸消嗒焉若喪馬囑曰兄勿餒乾綱之振在此一舉夫人之所以懼者非朝夕之故其所由來者漸矣譬昨死而今生須從此滌故更新再一餒則不可爲矣遣萬石入探之婦股慄心慴倩婢扶起將以膝行止之乃已出語馬生父子交賀馬欲去父子共挽之馬曰我適有東海之行故便道相

過還時可復會耳月餘婦起賓事良人久覺黔驢無技漸狎漸嘲漸罵居無何舊態全作矣翁不能堪宵遁至河南隸道士籍萬石亦不敢尋年餘馬至知其狀怫然責數立呼兒至置驢子上驅策逕去由此鄉人皆不齒萬石學使案臨以劣黜名又四五年遭回祿居室財物悉為煨燼延燒鄰舍村人執以告郡罰鍰煩苛於是家產漸盡至無居廬近村戒無以舍舍萬石尹氏兄弟怒婦所為亦絕拒之萬石既窮貲妾於貴家偕妻南渡至河南界資斧已絕婦不肯從聒夫再嫁適有屠而鰥者

以錢三百貨去萬石一身丐食於遠村近郭間至一朱門閽人訶拒不聽前少間一官人出萬石伏地啜泣官人熟視久之畧詰姓名驚曰是伯父也何以貧至此萬石細審知為喜兒不覺大哭從之入見堂中金碧煥映俄頃父扶童子出相對悲哽萬石始述所遭初馬攜喜兒至此數日即出尋楊翁來使祖孫同居又延師教讀十五歲入庠次年領鄉薦始為完昏乃別欲去祖孫泣留之馬曰我非人實狐仙耳道侶相候已久遂去孝廉言之不覺惻楚因念昔與庶伯母同受酷虐倍益感傷

遂以輿馬賞金贖王氏歸年餘生一子因以爲嫡尹從屠半載狂悖猶昔夫怒以屠刀孔其股穿以毛綆懸梁上荷肉竟出號極聲嘶鄰人始知解縛抽綆一抽則呼痛之聲震動四鄰以是見屠來則骨毛皆竪後脛創雖愈而斷芒遺肉內終不良於行猶夙夜服役無敢少懈屠既橫暴每醉歸則撻罵不情至此始悟昔之施於人者亦猶是也一日楊夫人及伯母燒香普陀寺近村農婦並來參謁尹在中悵立不前王氏故問此伊誰家人進白張屠之妻便訶使前與太夫人稽首王笑曰此婦

從屠當不乏肉食何羸瘠乃爾尹愧恨歸欲自經綆弱不得死屠益惡之歲餘屠死途遇萬石遙望之以膝行淚下如縻萬石礙僕未通一言歸告姪欲謀珠還姪固不肯婦爲里人所唾棄久無所歸依羣乞以食萬石猶時就尹廢寺中姪以爲玷陰教羣乞窘辱之乃絕此事

余不知其究竟後數行乃畢公權撰成之

異史氏曰天下之通病也然不意天壤之間乃有楊郎寧非變異余嘗作妙音經之續言謹附錄以博一噱竊以天道化生萬物重賴坤成男兒志在四方尤須內助

同甘獨苦勞爾十月呻吟就溼推乾苦矣三年嚬笑此顧宗祧而動念君子所以有伉儷之求瞻井臼而懷恩古人所以有魚水之愛也始而不遜之聲或大施而小報繼則如賓之敬竟有往而無來祇緣兒女深情遂使英雄短氣牀上夜叉坐任金剛亦須低眉釜底毒烟生即鐵漢無能強項秋砧之杵可掬不擣月夜之衣麻姑之爪能搔輕試蓮花之面小受大走直將代孟母投梭婦唱夫隨翻欲起周婆制禮婆娑跳擲停觀滿道行人嘲哳嗚嘶撲落一羣嬌鳥惡乎哉呼天籲地忽爾披髮

向銀牀醜矣夫轉目搖頭猥欲投繯延玉頸當是時也地下已多碎胆天外更有驚魂北宮黝未必不逃孟施舍焉能無懼將軍氣同雷電一入中庭頓歸無何有之鄉大人而若冰霜比到寢門遂有不可問之處豈果脂粉之氣不勢而威胡乃骯髒之身不寒而慄猶可解者魔女翹鬟來月下何妨俯伏皈依最冤枉者鳩盤蓬首到人間也要香花供養聞怒獅之吼則雙孔撩天聽牝雞之鳴則五體投地登徒子淫而忘醜迴波詞憐而成嘲設爲汾陽之壻立致尊榮媚卿卿良有故若贅外黃

之家不免奴役拜僕僕將何求彼窮鬼自覺無顏任其斫樹摧花止求包荒於怨婦如錢神可云有勢乃亦嬰鱗犯制不能借助於方兄豈縛游子之心惟玆鳥道抑消霸王之氣恃此鴻溝然死同穴生同衾何嘗教吟白首而朝行雲暮行雨輒欲獨占巫山恨煞池水清空按紅牙玉板憐爾妾命薄獨支永夜寒更蟬殼鷺灘喜驪龍之方睡犢車麈尾恨駑馬之不奔榻上共臥之人撻去方知爲舅牀前久縶之客牽來已化爲羊需之殷者僅俄頃毒之流者無盡藏買笑纏頭而成自作之孽太甲必曰難違俯首帖耳而受無妄之刑李陽亦謂不可酸風凜冽吹殘綺閣之春醋海汪洋淹斷藍橋之月又或盛會忽逢良朋卽坐斗酒藏而不設且由房出逐客之書故人跡而不來遂自我廣絕交之論甚而雁影分飛涕空沾於荆樹鸞膠再覓變遂起於蘆花故飲酒陽城一堂中惟有兄弟吹竽商子七旬餘並無室家古人爲此有隱痛矣嗚呼百年鴛偶竟成附骨之疽五兩鹿皮或買剝牀之痛髯如戟者如是胆似斗者何人固不敢於馬棧下斷絕禍胎又誰能向蠶室中斬除孽本娘

子軍肆其橫暴苦療妒之無方胭脂虎嘬盡生靈幸渡迷之有楫天香夜墜全澄湯鑊之波花雨晨飛盡滅劍輪之火極樂之境彩翼雙棲長舌之端青蓮並蒂拔苦惱於優婆之國立道塲於愛河之濱咦願此幾章貝葉文灑爲一滴楊枝水

章邱李孝廉善遷少倜儻不羈絲竹詞曲之屬皆精之兩兄皆登甲榜而孝廉益佻脫娶夫人謝稍稍禁制之遂亡去三年不返徧覓不得後得之臨淸构闌中家人入見其南向坐少姬十數左右侍蓋皆學音

藝而拜門牆者也臨行積衣累笥悉諸妓所貽旣歸夫人閉置一室投書滿案以長繩繫榻足引其端自櫺內出貫以巨鈴繫諸廚下凡有需則躡繩繩動鈴響則應之夫人躬設典肆垂簾納物而估其値左持籌右握管老僕供奔走而已由此居積致富每恥不及諸姒貴錮閉三年而孝廉捷喜曰三卵兩成吾以汝爲毈矣今亦爾耶

耿進士崧生亦章邱人夫人每以績火佐讀績者不輟讀者不敢息也或朋舊相詣輒竊聽之論文則瀹

茗作黍若恣諧謔則惡聲逐客矣每試得平等不敢入室門超等始笑逆之設帳得金悉納獻絲毫不敢隱匿故東主餽遺恒面較錙銖人或非笑之而不知銷算良難也後爲婦翁延教內弟是年遊泮翁謝儀十金耿受榼返金夫人知之曰彼雖周親然舌耕謂何也追之返而受之耿不敢爭而終心歉焉思暗償之於是每歲館金皆短其數以報夫人積二年得如干數忽夢一人告之曰明日登高金數即滿次日試一臨眺果拾遺金恰符缺數遂償岳後成進士夫人猶訶譴之耿曰今一行作吏何得復爾夫人曰諺云水長則船亦高即爲宰相寧便大耶

雲翠仙

梁有才故晉人流寓於濟作小負販無妻子田產從村人登岱岱四月交香侶雜沓又有優婆夷塞率衆男子以百十雜跪神座下視香炷爲度名曰跪香才視衆中有女郎年十七八而美悅之詐爲香客近女郎又僞爲膝困無力狀故以手據女郎足女回首似嗔膝行而遠之才又膝行近之少間又據之女郎覺遽起不跪出門

去才亦起出履其跡不知其往心無望怏怏而行途中見女郎從媪似爲女也母者才趨之媪女行且語媪云汝能爲禮娘娘大好事汝又無弟妹但獲娘娘冥加護護汝得快壻但能相孝順都不必貴子弟富王孫也才竊喜漸漬詰媪媪自言爲雲氏女名翠仙其出也家西山四十里才曰山路澀母如此蹜蹜妹如此纖纖何能便至曰日已晚將寄舅家宿耳才曰適言相壻不以貧嫌不以賤鄙我又未昏頗當母意否媪以問女女不應媪數問女曰渠寡福又蕩無行輕薄之心還易翻覆兒

不能爲遢伎兒作婦才聞樸誠自表切矢皦日媪喜竟諾之女不樂勃然而已母又强拍咻之才殷勤手於橐覓山兜二舁媪及女已步從若爲僕過隘輒訶兜夫不得顛搖動良殷俄抵村舍便邀才同入舅家舅出翁妗出媪也雲兒之嫂之謂才吾壻日適良不須別擇便取今夕舅亦喜出酒肴餌才既嚴妝翠仙出拂榻促眠女曰我固知郎不義迫母命漫相隨郎若人也當不須憂偕活才唯唯聽受明日早起母謂才宜先去我以女繼至才歸掃戶闥媪果送女至入視室中虛無有便云似

此何能給老身速歸嘗小助汝辛苦遂去次日有男女數輩各攜服食器具布一室滿之不飯俱去但留一婢才由此坐溫飽惟日引無賴子朋飲競賭漸盜女郎簪珥佐博女勸之不聽頗不耐之惟嚴守箱奩如防寇一日博黨款門訪才窺見女適適驚戲謂才曰子大富貴何憂貧耶才問故荅曰曩見夫人實仙人也適與子家道不相稱貨爲媵金可得百爲妓可得千千金在室而慮飲博無貲耶才不言而心然之歸輒向女欷歔時時言貧不可度女不顧才頻頻擊桌拋匕箸罵婢作諸態

一夕女沽酒與飲忽曰郎以貧故日焦心我又不能御窮分郎憂中豈不愧怍但無長物止有此婢鬻之可稍稍佐經營才搖首曰其直幾許又飲少時女曰妾於郎有何不相承但力竭耳念一貧如此便死相從不過均此百年苦有何發跡不如以妾鬻貴家兩所便益得直或較婢多才故愕言何得至此女固言之色作莊才喜曰容再計之遂緣中貴人貨隸樂籍中貴人親詣才見女大悅恐不能即得立券八百緡事濱就矣女曰母日以壻家貧常常縈念今義斷矣我將暫歸省且郎與妾

絕何得不告母才慮母阻女曰我固自樂之保無差忒才從之夜將半始抵母家撾關入見樓舍華好僕輩往來憧憧才日與女居每請詣母女輒止之故爲甥館年餘曾未一臨岳家至此大駭以其家巨恐媵妓所不甘也女引才登樓上媼驚問夫妻何來女怨曰我固道渠不義今果然乃於衣底出黃金二鋌置几上曰幸不爲小人賺脫今仍以還母母駭問故女曰渠將鬻我藏金無用處乃指才罵曰豺鼠子曩日負肩擔面沾塵如鬼初近我熏熏作汗腥膚垢欲傾塌足手皴一寸厚使人終夜惡自我歸汝家安坐餐飯鬼皮始脫母在前我豈誣耶才垂首不敢少出氣女又曰自顧無傾城姿不堪奉貴人似若輩男子我自謂猶相匹有何虧負遂無一念香火情我豈不能起樓宇買良沃念汝儇薄骨乞丐相終不是白頭侶言次婢嫗連衿臂旋旋圍遶之聞女責數便都唾罵共言不如殺卻何須復云云才大懼據地自投但言知悔女又盛氣曰鬻妻子已大惡猶未便是劇何忍以同衾人賺作娼言未已衆背裂眥以銳簪剪刀股攢刺脇腂才號悲乞命女止之曰可暫釋卻渠

便無仁我不忍其觳觫乃率衆下樓去才坐聽移時人語俱寂思欲潛遁忽仰視見星漢東方已白野色蒼莽燈亦尋滅並無屋宇身坐削壁上俯瞰絶壑深無底駭絶懼墮身稍移塌然一聲坐石崩墮壁半有枯橫焉罥不得墮以枯受腹手足無著下視茫茫不知幾何尋丈不敢轉側嗥怖聲嘶一身盡腫眼耳鼻舌身力俱竭日漸高始有樵人望見之尋綆來縋而下取置崖上奄將澌斃舁歸其家至則門洞敞家荒荒如敗寺牀簏什器俱杳惟有繩牀敗案是已家舊物零落猶存嗒然自臥

飢時日一乞食於鄰既而腫潰爲癩里黨薄其行悉唾棄之才無計貨屋而穴居行乞於道以刀自隨或勸以刀易餌才不肯曰野居防虎狼用自衛耳後遇向勸鬻妻者於途近而哀語遽出刀摮而殺之遂被收官廉得其情亦未忍酷虐之繫獄中尋瘐死

異史氏曰得遠山芙蓉與共四壁與以南面王豈易哉已則非人而怨逢惡之友故爲友者不可不知戒也凡狹邪子誘人淫博爲諸不義其事不敗雖則不怨亦不德迫於身無襦婦無袴千人所指無疾將死窮敗之念

無時不縈於心窮敗之恨無時不切於齒清夜牛衣中輾轉不寐夫然後歷歷想未落時歷歷想將落時又歷歷想致落之故而因以及發端致落之人至於此弱者起擁絮坐詛强者忍凍裸行篝火索刀霍霍磨之不待終夜矣故以善規人如贈橄欖以惡誘人如餽漏脯也聽者固當省言者可勿懼哉

顏氏

順天某生家貧值歲饑從父之洛性鈍年十七裁能成幅而丰儀秀美能雅謔善尺牘見者不知其中之無有

也無何父母繼歿孑然一身授童蒙於洛汭時村中顏氏有孤女名士裔也少慧父在時嘗教之讀一過輒記不忘十數歲學父吟咏父曰吾家有女學士惜不弁耳鍾愛之期擇貴壻父卒母執此志三年不遂而母又卒或勸適佳士女然之而未就也適鄰婦踰垣來就與攀談一字紙裹繡綫女啟視則某手翰寄鄰生者反復之而好焉鄰婦窺其意私語曰此翩翩一美少年孤與卿等年相若也倘能垂意妾囑渠儂娳合之女脈脈不語婦歸以意授夫鄰生故與生善告之大悅有母遺金鴉

鐶託委致焉刻日成禮魚水甚懽及睹生文笑曰文與卿似是兩人如此何日可成朝夕勸生研讀嚴如師友斂昏先挑燭據案自哦爲丈夫率聽漏三下乃已如是年餘生制藝頗通而再試再黜身名蹇落饔飧不給撫情寂漠嗸嗸悲泣女訶之曰君非丈夫負此弁耳使我易髻而冠青紫直芥視之生方懊喪聞妻言睒睗而怒曰閨中人身不到塲屋便以功名富貴似汝在廚下汲水炊白粥若冠加於頂恐亦猶人耳女笑曰君勿怒俟試期妾請易裝相代倘落拓如君當不敢復藐天下士

矣生亦笑曰卿自不知蘗苦請嘗試之但恐綻露爲鄉鄰笑耳女曰妾非戲語君嘗言燕有故廬請男裝從君歸僞爲弟君以襁褓出誰得辨其非生從之女入房巾服而出曰視妾可作男兒否生視之儼然一顧影少年也生喜徧辭里社交好者薄有餽遺買一羸蹇御妻而歸生叔兄尚在見兩弟如冠玉甚喜晨夕卹顧之又見宵旰攻苦倍益愛敬僱一剪髮雛奴爲供給使暮後輒遣去之鄉中弔慶兄自出周旋弟惟下帷讀居半年罕有睹其面者客或請見兄輒代辭讀其文驕然駭異或

排闥而廹之一揖便亡去客睹丰采又俱傾慕由此名大譟世家爭願贅焉叔兄商之惟囅然笑再強之則言矢志青雲不及第不昏也會學使案臨兩人並出兄又落第以冠軍應試中順天第四明年成進士授桐城令有吏治尋遷河南道掌印御史富埒王侯因托疾乞骸骨賜歸田里賓客塡門迄謝不納又自諸生以及顯貴並不言娶人無不怪之者歸後漸置婢或疑其私嫂察之殊無苟且無何明鼎革天下大亂乃告嫂曰實相告我小郎婦也以男子蔫茸不能自立負氣自爲之深恐

播揚致天子召問貽笑海內耳嫂不信脫靴而示之足始愕視靴中則敗絮滿焉於是使生承其銜仍閉門而雌伏矣而生平不孕遂出貲購妾謂生曰凡人置身通顯則買姬媵以自奉我宦跡十年猶一身耳君何福澤坐享佳麗生曰面首三十人請卿自置耳相傳爲笑是時生父母屢受覃恩矣搢紳拜往尊生以侍御禮生羞襲閨銜惟以諸生自安終身未嘗輿蓋云

異史氏曰翁姑受封於新婦可謂奇矣然侍御而夫人也者何時無之但夫人侍御者少耳天下冠儒冠稱丈

夫者皆愧死矣

小謝

渭南姜部郎第多鬼魅常惑人因徙去留蒼頭門之而死數易皆死遂廢之里有陶生望三者夙倜儻好狎妓酒闌輒去之友人故使妓奔就之亦笑內不拒而實終夜無所沾染嘗宿部郎家有婢夜奔生堅拒不亂部郎以是契重之家綦貧又有鼓盆之戚茆屋數椽溽暑不堪其熱因請部郎假廢第部郎以其凶故卻之生因作續無鬼論獻部郎且曰鬼何能爲部郎以其請之堅諾

之生往除廳事薄暮置書其中返取他物則書已亡怪之仰臥榻上靜息以伺其變食頃聞步履聲睨之見二女自房中出所亡書送還案上一約二十一可十七八並皆姝麗逡巡立榻下相視而笑生寂不動長者翹一足踹生腹少者掩口匿笑生覺心搖搖若不自持即急肅然端念卒不顧女遂以左手捋髭右手輕批頤頰作小響少者益笑生驟起叱曰鬼物敢爾二女駭奔而散生恐夜爲所苦欲移歸又恥其言不掩乃挑燈讀暗中鬼影幢幢畧不顧瞻夜將半燭而寢始交睫覺人以細

物穿鼻奇癢大嚏但聞暗處隱隱作笑聲生不語假寐以候之俄見少女以紙條撚細股鶴行鷺伏而至生暴起訶之飄竄而去既寢又穿其耳終夜不堪其擾雞既鳴乃寂無聲生始酣眠終日無所睹聞日既下恍惚出現生遂夜炊將以達旦長者漸曲肱几上觀生讀既而掩生卷生怒捉之即已飄散少間又撫之生以手按卷讀少者潛於腦後交兩手掩生目瞥然去遠立以哂生指罵曰小鬼頭捉得便都殺卻女子即又不懼因戲之曰房中縱送我都不解纏我無益二女微笑轉身向竈析薪溲米爲生執爨生顧而獎曰兩卿此爲不勝憨跳耶俄頃粥熟爭以匕箸陶椀置几上生曰感卿服役何以報德女笑云飯中溲合砒酖矣生曰與卿夙無嫌怨何至以此相加啜已復盛爭爲奔走生樂之習以爲常日漸稔接坐傾語審其姓名長者云妾秋容喬氏彼阮家小謝也又研問所由來小謝笑曰癡郎尚不敢一呈身誰要汝問門第作嫁娶耶生正容曰相對麗質豈獨無情但陰冥之氣中人必死不樂與居者行可耳樂與居者安可耳如不見愛何必玷兩佳人如果見愛何必

死一狂生二女相顧動容自此不甚虐弄之然時而探手於懷捋袴於地亦置不爲怪一日錄書未卒業而出返則小謝伏案頭操管代錄見生擲筆睨笑近視之雖劣不成書而行列疎整生贊曰卿雅人也苟樂此僕教卿爲之擁諸懷把腕而教之畫秋容自外入色乍變意似妒小謝笑曰童時嘗從父學書久不作遂如夢寐秋容不語生喻其意僞爲不覺者遂抱而授以筆曰我視卿能此否作數字而起曰秋娘大好筆力秋容乃喜於是折兩紙爲範俾共臨摹生另一燈讀竊喜其各有所

事不相侵擾倣畢祗立几前聽生月旦秋容素不解讀塗鴉不可辨認花判已自顧不如小謝有慚色生獎慰之顏始霽二女由此師事生坐爲抓背臥爲按股不惟不敢侮爭媚之踰日小謝書居然端好生偶贊之秋容大慚粉黛淫淫淚痕如綫生百端慰解之乃已因教之讀穎悟非常指示一過無再問者與生競讀常至終夜小謝又引其弟三郎來拜生門下年十五六姿容秀美以金如意一鉤爲贄生令與秋容執一經滿堂咿唔生於此設鬼帳焉部郎聞之喜以時給其薪水積數月秋

容與三郎皆能詩時相酬唱小謝陰囑勿教秋容生諾之秋容囑勿教小謝生亦諾之一日生將赴試二女涕淚持別三郎曰此行可以托疾免不然恐履不吉生以告疾爲辱遂行先是生好以詩詞譏切時事獲罪於邑貴介日思中傷之陰賂學使誣以行檢淹禁獄中資斧絕乞食於囚人自分已無生理忽一人飄忽而入則秋容也以饌具餽生相向悲咽曰三郎慮君不吉今果不謬三郎與妾同來赴院申理矣數語而出人不之睹越日部院出三郎遮道聲屈收之秋容入獄報生返身往

偵之三日不返生愁餓無聊度一日如年歲忽小謝至愴惋欲絕言秋容歸經由城隍祠被西廊黑判强攝去逼充媵御秋容不屈今亦幽囚妾馳百里奔波頗殆至北郭被老棘刺吾足心痛徹骨髓恐不能再至矣因示之足血殷凌波焉出金三兩跛踦而沒部院勘三郎素非瓜葛無端代控將杖之撲地遂滅異之覽其狀情詞悲惻提生面鞫問三郎何人生僞爲不知部院悟其冤釋之既歸竟夕無一人更闌小謝始至慘然曰三郎在部院被廨神押赴冥司冥王以三郎義令托生富貴家

秋容久錮妾以狀投城隍又被按閣不得入且復柰何生忿曰黑老魅何敢如此明日仆其像踐踏爲泥數城隍而責之案下吏暴橫如此渠在醉夢中耶悲憤相對不覺四漏將殘秋容飄然忽至兩人驚喜急問秋容泣下曰今爲郎萬苦矣判日以刀杖相逼今夕忽放妾歸曰我無他原以愛故旣不願固亦不汚玷煩告陶秋曹勿見譴責生聞少歡欲與同寢曰今日願爲卿死二女戚曰向受開導頗知義理何忍以愛君者殺君乎執不可然挽頸傾頭情均伉儷二女以遭難故妒念全消會

一道士途遇生顧謂身有鬼氣生以其言異具告之道士曰此鬼大好不宜負他因書二符付生曰歸授兩鬼任其福命如聞門外有哭女者吞符急出先到者可活生拜受歸囑二女後月餘果聞有哭女者二女爭奔而去小謝忙急忘吞其符見有喪轝過秋容直出入棺而沒小謝不得入痛哭而返生出視則富室郝氏殯其女共見一女子入棺而去方共驚疑俄聞棺中有聲息肩發驗女已頓蘇因暫寄生齋外羅守之忽開目問陶生郝氏研詰之荅云我非汝女也遂以情告郝未深信欲

舁歸女不從逕入生齋偃臥不起郝乃識婿而去生就視之面龎雖異而光艷不減秋容喜愜過望殷敘生平忽聞烏烏鬼泣則小謝哭於暗陬心甚憐之卽移燈往寬譬哀情而衿袖淋浪痛不可解近曉始去天明郝以婢媪齎送香奩居然翁壻矣暮入帷房則小謝又哭如此六七夜夫婦俱爲慘動不能成合巹之禮生憂思無策秋容曰道士仙人也再往求倘得憐救生然之跡道士所在叩伏自陳道士力言無術生哀不已道士笑曰癡生好纏人合與有緣請竭吾術乃從生來索靜室掩

扉坐戒勿相問凡十餘日不飲不食潛窺之瞑若睡一日晨興有少女搴簾入明眸而皓齒光艷照人微笑曰跋履終夜憊極矣被汝糾纏不了奔馳百里外始得一好廬舍道人載與俱來矣待其人便相交付耳斂昏小謝至女遽起迎抱之翕然合爲一體仆地而僵道士自室中出拱手逕去拜而送之及返則女已甦扶置牀上氣體漸舒但把足呻言趾股痠痛數日始能起後生應試得通籍有蔡子經者與同譜以事過生留數日小謝自鄰舍歸蔡望見之疾趨相躡小謝側身斂避心竊怒

坐牀頭戀戀殊殷嫗辭之言娘子速去勿相禍女乃出門嫗視之西去又數日西巷中呂嫗來謂馬曰鄰女董蕙芳孤而無依自願爲賢郎婦胡弗納馬以疑慮具白之呂曰烏有此耶如有乖謬咎在老身馬大喜諾之呂既去嫗掃室布席將待子歸往娶之日將暮女飄然自至入室參母起拜盡禮告嫗曰妾有兩婢未得母命不敢召也嫗曰我母子守窮廬不解役婢僕日得蠅頭利僅足自給今增新婦一人嬌嫩坐食尚恐不充飽益之二婢豈吸風所能活耶女笑曰婢來亦不費母事皆能

自得食問婢何在女乃呼秋月秋松聲未及已忽如飛鳥墮二婢已立於前即令伏地叩母既而馬歸母迎告之馬喜入室見翠棟雕梁侔於宮殿中之几屏簾幙光耀奪視驚極不敢入女下牀迎笑睹之若仙益駭卻退女挽之坐與溫語馬喜出非分形神若不相屬即起欲出行沽女止曰勿須因命二婢治具秋月出一革袋執向扉後搖搖撼擺之已而以手探入壺盛酒柈盛炙觸類熏騰飲已而寢則花罽錦裀溫膩非常天明出門則茅廬依舊母子共奇之嫗詣呂所將跡所由入門先謝

其輕薄蔡告生曰一事深駭物聽可相告否詰之荅曰三年前少妹夭殞經兩夜而失其尸至今疑念適見夫人何相似之深也生笑曰山荆陋劣何足以方君妹然既係同譜義即至切何妨以獻妻孥乃入內使小謝衣殉裝出蔡大驚曰眞吾妹也因而泣下生乃具述本末蔡喜曰妹子未死吾將速歸用慰嚴慈遂去過數日舉家皆至後往來如郝焉

異史氏曰絕世佳人求一而難之何遽得兩哉事千古而一見惟不私奔女者能遘之也道士其仙耶何術之神也苟有其術醜鬼可交耳

蕙芳

馬二混居青州東門內以貨麪爲業家貧無婦與母共作苦一日媪獨居忽有美人來年可十六七椎布甚樸而光華照人媪驚顧窮詰女笑曰我以賢郎誠篤願委身母家媪益驚曰娘子天人有此一言則折我母子數年壽女固請之意必爲侯門亡人拒益力女乃去越三日復來畱連不去問其氏姓曰母肯納我我乃言不然固無庸問媪曰貧賤傭骨得婦如此不稱亦不祥女笑

其媒合之德呂訝云久不拜訪何鄰女之曾託乎媼益疑具言端委呂大駭即同媼來視新婦女笑迎之極道作合之義呂見其慧麗愕眙良久即亦不辨唯唯而已女贈白木搔具一事曰無以報德姑奉此爲姥姥爬背耳呂受以歸審視則化爲白金馬自得婦頓更舊業門戶一新笥中貂錦無數任馬取著而出室門則爲布素但輕煖耳女所自衣亦然積四五年忽曰我謫降人間十餘載因與子有緣遂暫留止今別矣馬苦留之女曰請別擇良偶以承廬墓我歲月當一至已忽不見馬乃

娶秦氏後三年七夕夫妻方共語女忽入笑曰新偶良懽不念故人耶馬驚起愴然曳坐便道衷曲女曰我適送織女渡河乘間一相望耳兩相依依語無休止忽空際有人呼蕙芳女急起作別馬問其誰曰余適同雙成姊來彼不耐久伺矣馬送之女曰子壽八旬至期我來收爾骨言已遂逝今馬六十餘矣其人但樸訥無他長

異史氏曰馬生其名混其業褻蕙芳奚取哉於此見仙人之貴樸訥誠篤也余嘗謂友人若我與爾鬼狐且棄之矣所差不愧於仙人者惟混耳

蕭七

徐繼長臨淄人居城東之磨房莊業儒未成去而爲吏偶適姻家道出于氏殯宮薄暮醉歸過其處樓閣繁麗一叟當戶坐徐酒渴思飲揖叟求漿叟起邀客入升堂授飲飲已叟曰曛暮難行姑留宿早旦而發何如徐亦疲殆樂遵所請叟命家人具酒奉客卽謂徐曰老夫一言勿嫌孟浪郎君淸門令望可附昏姻有幼女未字欲充下陳幸垂援拾徐踧踖不知所對叟卽遣伻告其親族又傳語令女郎妝束頃之峩冠博帶者四五輩先後

並至女郎亦炫妝出姿容絕俗於是交坐宴會徐神魂眩亂但欲速寢酒數行堅辭不任乃使小鬟引夫婦入幃綰同爰止徐問其族姓女自言蕭姓行七又復細審門閥女曰身雖賤陋配吏胥當不辱寞何苦研窮徐溺其色欵暱備至不復他疑女曰此處不可爲家審知汝家姊姊甚平善或不拘阻歸除一舍行將自至耳徐應之既而加臂於身奄忽就寐既覺則抱中已空天色大明松陰翳曉身下籍黍穰尺許厚駭歎而歸告妻妻戲爲除館設榻其中闔門出曰新娘子今夜至矣因與共

笑曰既暮妻戲曳徐啟門曰新人得無已在室耶既入則美人華妝坐榻上見二人入起逆之夫妻大愕女掩口局局而笑參拜恭謹妻乃治具爲之合歡女早起操作不待驅使一日謂徐姊姨輩俱欲來吾家一望徐慮倉卒無以應客女曰都知吾家不饒將先賫饌具來但煩吾家姊姊烹飪而已徐告妻妻諾之晨炊後果有人荷酒胾來釋担而去妻爲職庖人之役晡後六七女郎至長者不過四十以來圍坐並飲喧笑盈室徐妻伏牕以窺惟見夫及七姐相向坐他客皆不可睹北斗挂屋

角譁然始去女送客未返妻入視案上杯柈俱空笑曰諸婢想俱餓遂如狗舐砧少間女還殷殷相勞奪器自滌促嫡安眠妻曰客臨吾家使自備飲饌亦大笑話明日合另邀致逾數日徐從妻言使女復召客客至恣意飲噉惟留四簋不加匕箸徐問之羣笑曰夫人謂吾輩惡故留以待調人座間一女年十八九素舄縞裳云是新寡女呼爲六姊情態妖艷善笑能言與徐漸洽輒以諧語嘲徐行觴政徐爲錄事禁笑謔六姊頻連犯引十餘爵酡然逕醉芳體嬌懶荏弱難持無何亡去徐燭而

覓之則酣寢暗幛中近接其吻亦不覺以手探袴私處墳起心旌方搖席中紛喚徐郎乃急理其衣見袖中有綾巾竊之而出迨於夜央衆客離席六姊未醒七姐入搖之始呵欠而起繫裙理髮從衆去徐拳拳懷念不釋於心將於空處展玩遺巾而覓之已渺疑送客時遺落途間執燈細照階除都復烏有意瑣瑣不自得女問之徐漫應之女笑曰勿誑語巾子人已將去徒勞心目徐驚以實告且言懷思女曰彼與君無宿分緣止此耳問其故曰彼前身曲中女君爲士人見而悅之爲兩親所阻志不得遂感疾阽危使人語之曰我已不起但得若來獲一捫其肌膚死無憾此女諾如所請適以冗羈未遽往過夕而至則病者已殞是前世與君有一捫之緣也過此即非望後設筵再招諸女惟六姊不至徐疑女妒頗有怨懟女一日謂徐曰若以六姊之故妾相見罪彼實不肯至於我何尤今八年之好行將別矣請爲君極力一謀用解從前之惑彼雖不來寧禁我不往登門就之或人定勝天不可知徐喜從之女握手飄若履虛頃刻至其家黃甓廣堂門戶曲折與初見時無少異岳

父母並出曰拙女久蒙溫煦老身以殘年衰慵有疎省問或當不怪耶即張筵作會女便問諸姊妹母云各歸其家惟六姐在耳即喚婢請六娘子來久之不出女入曳之旣至俯首簡嘿不似前此之諧少時叟媼辭去女謂六姊曰姐姐高自重使人怨我六姊微哂曰輕薄兒何以相近女執兩人殘巵强使易飲曰吻已接矣作態何爲少時七姐亦去室中止餘二人徐遽起相逼六姊宛轉撐拒徐牽衣長跪而哀之色漸和相攜入室裁緩襦結忽聞喊嘶動地火光射闥六姊大驚推徐起曰禍

事忽臨柰何徐忙迫不知所爲而女郎已竄避無迹矣徐悵然少坐屋宇並失獵者十餘人按鷹操刃而至驚問何人夜伏於此徐托言迷途因告姓字一人曰適逐一狐見之否荅云不見細認其處乃于氏殯宮也怏怏而歸猶冀七姐復至晨占雀喜夕卜燈花而竟無消息矣董玉玹談

顧生

江南顧生客稷下眼暴瘇晝夜呻吟罔所醫藥十餘日痡少減而合眼時輒睹巨宅凡四五進門皆洞闢最深

處有人往來但遙睹不可細認一日方凝神注之忽覺入宅中三歷門戶絕無人跡有南北廳事內以紅氈貼地畧窺之見滿屋嬰兒坐者臥者膝行者不可數計愕疑間一人自舍後出見之曰小王子謂有遠客在門果然便邀之顧不敢入强之乃入問此何所曰九王世子居世子瘧病新瘥今日親賓作賀先生有緣也言未已有奔至者督促速行俄至一處雕榭朱欄一殿北向凡有九楹歷階而升則客滿座見一少年北面坐知是王子便伏堂下滿堂盡起王子曳顧東嚮坐酒既行鼓樂

暴作諸妓升堂演華封祝纔過三折逆旅主人及僕喚進午餐就牀頭頻呼之耳聞甚真心恐王子知然並無知者遂托更衣而出仰視日之中夕則見僕立牀前始悟未離旅邸心悵悵猶欲急反因遣僕闔扉去甫交睫見宮舍依然急循故道而入路經前嬰兒處並無嬰兒有數十蓬首鮐背坐臥其中望見顧出惡聲曰誰家無賴子來此窺伺顧驚懼不敢置辯疾趨後庭升殿即坐見王子頷下添髭尺餘矣見顧笑問何往劇本過七折矣因以巨觥示罰移時曲終又呈齣目顧點彭祖娶婦

妓即以椰瓢行酒可容五斗許顧離席辭飲言臣目疾不敢過醉王子曰君患目有太醫在此便合診視東座一客即離席來兩指啟雙眥以玉簪點白膏如脂囑合目少睡王子命侍兒導入複室令臥臥片時覺牀帳香軟因而熟眠居無何忽聞鳴鉦鍠聒即復驚醒疑是優戲未畢開目視之則旅舍中狗舐油鐺也然目病若失再閉之一無所睹矣

周克昌

淮上貢士周天儀年五旬止一子名克昌愛曬之至十三四歲丰姿益秀而性不喜讀輒逃塾從羣兒戲恒終日不返周亦聽之一日既暮不歸始尋之殊竟烏有夫妻號咷幾不欲生年餘昌忽自至言爲道士迷去幸不見害值其他出得逃而歸周喜極亦不追問及教以讀慧悟倍於曩疇踰年文思大進既入郡庠試遂知名世族爭昏昌頗不願趙進士女有姿周強爲娶之既入門夫妻調笑甚懽而昌恒獨宿若無所私逾年秋戰而捷周益慰然年漸暮日望抱孫故嘗隱諷昌昌漠若不解母不能忍朝夕多絮語昌變色出曰我久欲亡去所不

遽捨者顧復之情耳實不能探討房帷以慰所望請仍去彼順志者且復來矣媼追曳之已踣衣冠如蛻大駭疑昌已死是必其鬼也悲嘆而已次日昌忽僕馬而至舉家惶駭近詰之亦言爲惡人略賣於富商之家商無子子焉得昌後忽生一子昌思家遂送之歸問所學則頑鈍如昔乃知此爲昌其入泮鄉捷者鬼之假也然竊喜其事未洩卽使襲孝廉之名入房婦甚狎熟而昌靦然有愧色似新昏者甫周年生子矣

異史氏曰古言庸福人必鼻口眉目間具有少庸而後福隨之其精光陸離者鬼所棄也庸之所在桂籍可以不入閨而通佳麗可以不親迎而致而況少有憑藉益之鑽窺者乎

鄱陽神

翟湛持司理饒州道經鄱陽湖湖上有神祠停葢游瞻內雕木普郎死節臣像翟姓一神最居末座翟曰吾家宗人何得在下遂於上易一座旣而登舟大風斷帆桅檣傾側一家哀號俄一小舟破浪而來旣近官舟急挽翟登小舟於是家人盡登審視其人與翟姓神無少異

無何浪息尋之已杳

聊齋志異卷十終